JN244095

ふみ／高橋　富江（神奈川県 55歳）
「母」への手紙（平成5年）入賞作品
え／蘇仁　愛（愛媛県 39歳）
「今ここでこうしていられることの不思議」
第10回（平成16年）入賞作品

二人とはいない人だよ
と、母さんの一言できめた結婚

いい人生をありがとう。

文・高橋富江
絵・蘇　仁愛

夕日が
君の心を
映し出しました。
君は誰かを
好きなんだね。

文・大久保昇
絵・日比野理恵

ふみ／**大久保　昇**（東京都 28歳）
「愛」の手紙（平成7年）入賞作品
え／**日比野理恵**（大阪府 27歳）
「遠き山に陽はおちて」
第9回（平成15年）入賞作品

ふみ／**土屋　溢子**（大阪府 56歳）
手紙「ふるさとへの想い」
（平成10年）入賞作品
え／**鶴田　邦男**（熊本県 83歳）
「廃屋」第10回（平成16年）入賞作品

一年でも長く
故郷（ふるさと）を
残しておきたくて
空き家（あきや）の実家に
風（かぜ）を
入れに帰る。

文・土屋溢子
絵・鶴田邦男

ふみ／**坪田　育枝**（福井県13歳）
手紙「ふるさとへの想い」（平成10年）入賞作品

え／**渡部真喜子**（福島県45歳）
「遠いふるさとに帰る」第7回（平成13年）
入賞作品

何年後に
なるんだろう
いつも見ている
風景が
なつかしく
思える日は。

ふみ・坪田育枝
え・渡部真喜子

産（うん）でみて
命の不思議を
初めて知った

ふみ／**吉田　庸子**（福島県 41歳）
手紙「いのち」（平成13年）入賞作品
え／**西條多紀子**（兵庫県 58歳）
「あなたを守ります」第12回（平成18年）入賞作品

育（そだ）ててみて
命のすごさが
初めてわかった

文・吉田庸子
絵・西條多紀子

段ボールの箱の中で
生きたい
生きたい
と……
そう泣いていたから
私は抱き上げた。

文・長瀬藍子
絵・福田晶

ふみ／**長瀬　藍子**（岐阜県16歳）
手紙「いのち」（平成13年）入賞作品
え／**福田　晶**（徳島県16歳）
「こいぬとボールと」第11回（平成17年）応募作品

ふみ／**佐藤　静**（島根県15歳）
手紙「いのち」（平成13年）入賞作品
え／**西谷　俊二**（京都府69歳）
「月下美人」第10回（平成16年）入賞作品

いのちって
何色なんだろう。
黒…？
赤…？
白…？
ま・いっか。
だって人は
変われるもの。

ふみ・佐藤静
え・西谷俊二

「50年先の未来の白くまさんへ」

北極の白くまさん

特大のクーラーボックス届けます。

ふみ・石塚景子
え・奥地加奈

ふみ／**石塚　景子**（神奈川県 13歳）
「未来」への手紙（平成20年）応募作品
え／**奥地　加奈**（三重県 13歳）
「ありがとう」第13回（平成19年）応募作品

日本一短い手紙

「明日」

本書は、平成二十三年度の第九回「新一筆啓上賞—日本一短い手紙　明日」（福井県坂井市・財団法人丸岡町文化振興事業団主催、社団法人坂井青年会議所共催、郵便事業株式会社・福井県・福井県教育委員会・愛媛県西予市後援、住友グループ広報委員会特別後援）の入賞作品を中心にまとめたものである。

同賞には、平成二十三年四月一日〜十月十四日の期間内に三万五一二七通の応募があった。平成二十四年一月二十六日に最終選考が行われ、大賞五篇、秀作一〇篇、住友賞二〇篇、中央経済社賞一〇篇、坂井青年会議所賞五篇、佳作一五五篇が選ばれた。本書に掲載した年齢・都道府県名は応募時のものである。

同賞の選考委員は、池田理代子、小室等、佐々木幹郎、中山千夏、西ゆうじ、林正俊の諸氏であった。

目次

※本文中の「明日」のふりがなは、作者によって「あす」「あした」「みょうにち」と異なるため、あえてふりがなは付けてありません。作者があらかじめふりがなを付けてある場合は、表記してあります。

明日

大賞

秀作

住友賞

中央経済社賞

坂井青年会議所賞

「被災地のバイク屋さん」へ

震災の夜、息子の車にガソリン二ℓ、ありがとう。二ℓ分の涙、明日への糧にします。

三月十一日、仕事で出張中被災、人の優しさに救われて無事生還した息子。絶対恩返ししたい。

大賞
［郵便事業株式会社社長賞］
渡会 克男
千葉県 公務員

「行方不明の娘」へ

あの日の恐怖、絶望、
何もなく散歩の途中と思っています。
明日は帰って、愛犬と共に。

大賞
［郵便事業株式会社社長賞］
箱石 紅子
岩手県 61歳

「あしたのじぶん」へ

夏休み（なつやす）の友（とも）も絵（え）も今日中（きょうじゅう）にしあげるぜ。
おれはくるしいぜ。
でも、あしたはじゆうだぜ。

大賞
［郵便事業株式会社社長賞］
野坂 泰誠
福井県 8歳 小学校2年

今日は土曜日。次の月曜日は、全校登校日で夏休みの宿題を全部持っていく日です。しかし、遊んでばかりでたくさんの宿題が残っていて、せっぱつまった状態です。仁王立ちしている母の横で必死に机に向っていますが、やっぱり明日の日曜日は遊びたい。だから、今日はがんばるぞといきごんでいる泰誠くんです。

大器晩成の言い訳はもうよそうよ。
明日は七十一歳の誕生日だぞ。

大賞
［郵便事業株式会社社長賞］
小田 俊助
長崎県 71歳

「娘」へ

明日も公園へ行こう。
明日で世界が終わるとしても、
一緒に公園へ行って遊ぼう。

大賞
［郵便事業株式会社社長賞］
谷川 弓子
宮崎県 36歳 主婦

「夫」へ

明日は横浜港から五十年前、
あなたのいる外国へ渡った日です。
あの情熱まだあります。

秀作
［郵便事業株式会社北陸支社長賞］
新井 知里
ブラジル 73歳 主婦

「別居の妻」へ

洗濯物をたたんでから
明日を考えてみます。

秀作
［郵便事業株式会社北陸支社長賞］
後藤 順
岐阜県 58歳 公務員

「友」へ

「明日があるかしら」と岩手の友。
電話口で一緒に泣く事しかできない私。
ゴメンネ。

今年三月まで保育園で一緒に働いていた同僚です。
東日本震災後、高齢の両親の元へ帰って行きました。

秀作
［郵便事業株式会社北陸支社長賞］
森 のり
宮崎県 67歳

「明日へ聞きたいことがある」

明日って、どうして、夜中（よなか）からはじまるの？
なんで、朝日（あさひ）がのぼってからじゃないの？

秀作
［郵便事業株式会社北陸支社長賞］
海 幹明
福井県 8歳 小学校2年

「病気と闘う母」へ

来月の約束はしてくれないが、
明日の約束はしてくれる。
それでいい。毎日約束するから

お母さんは、肺ガンです。元気そうに見えても、先の話はなかなかしてくれず、
そこが心配です。明日がいっぱい！

秀作
［郵便事業株式会社北陸支社長賞］
齊藤 優子
京都府 36歳 会社員

「幼馴染み」へ

いつも「明日な」って。
あれから四十年。
もうお前の顔も貸してた金額も思い出せねえ。

秀作
［郵便事業株式会社北陸支社長賞］
小野 千尋
千葉県 51歳 会社員

「母」へ

日々進んでいる病のため
明日は来ないでと願う私。
でも、生きるために明日はあるんだね。

秀作
［郵便事業株式会社北陸支社長賞］
佐久川 貴子
沖縄県 47歳 主婦

「自分」へ

明日なんて来なくていいと思う。
でも布団の中で明日を想うと、
こんなにも恋しいのだ。

秀作
［郵便事業株式会社北陸支社長賞］
関山 侑仁
福井県 17歳 高校3年

「自分」へ

失敗した。
もうだめだって思った。
明日があるということに
私は気付いていなかった。

秀作
［郵便事業株式会社北陸支社長賞］
鰐渕 朱理
福井県 15歳 中学校3年

「友達」へ

友達がいじめられていた。
助けてあげれなかった。
でも、明日も必ず学校に来てね。

秀作
［郵便事業株式会社北陸支社長賞］
上田 諒太郎
福井県 17歳 高校3年

「愚かな私」へ

「また明日」
あの人のその言葉に期待して
もう何年待っていることでしょう

住友賞
北林 麻衣子
福井県 38歳 医師

「犬好きの老妻」へ

柴犬を抱きしめ頬ずり頭撫で、
爪切りから耳そうじ。
明日の誕生日わしにもやってくれ。

住友賞
山本 敦義
愛媛県 77歳

「お父さん」へ

ぼく、一人で体あらえるようになったよ。
明日は、お父さんのせ中をあらってあげるね。

住友賞
南部 蒼太
福井県 7歳 小学校2年

「君に」

君とわかれたときに
「明日に早くなれ」と思うから
君のことが好きだとわかる。

住友賞
伴怜侑
福井県　高校生

「孫娘の仁菜ちゃん」へ

先の事は全て明日と言う仁菜。明日食べよ。明日行こう。明日遊ぼ。明日は楽しいねえ。

住友賞
上野谷 絹代
福井県 62歳 主婦

突然、同居することになった孫娘。母子共に幸多かれと祈りながら…。

「被災した友」へ

泥んこの長靴で「明日へ」と、
一歩踏み出した君。
ガンバレ、仲間と応援に行くけん。

道路が一部開通してやっと友の所へ、しかしひどい光景だった。
ただ友がショックから立ち直ろうと、うれしかった。

住友賞
平野好
青森県 69歳

「亡くなった兄」へ

泣きそうな時君のトレーナーを着れば、
抱かれているようで、
又笑顔で明日に向かえる。

住友賞
ラベット・キャサリン
アメリカ　18歳　高校12年

兄は6ヶ月前に亡くなって、もう話せないからこの手紙を書きました。

「お父さん」へ

明日私、嫁に行きます。
とっとと早く行け！　と言っていたのは
冗談と今日分かりました。

住友賞
小出 遥
静岡県　25歳　介護職

早く結婚して行っちゃえばいいのに、と父が主人と交際中に言った一言。
本気ではなかったと式の前日心から知った場面でした。

「孫のたけちゃん」へ

友達とけんかしたの？
明日「御免」と言えば。
どうしようもない昨日どうにでもなる明日

住友賞
鎌田 正子
埼玉県 66歳 主婦

「天国の父」へ

明日は貴方の命日。
寂しくたって、まだまだ駄目ですよ。
母さんを迎えにきては。

住友賞
米津 説男
長野県 78歳

「夫」へ

若い二人に明日がある。
あれから、四二年、
老いの二人にも明日があるよね。ずーとね。

住友賞
松田 美智子
宮城県 62歳

二人でいろんな明日を迎えてき、いろんな事を乗り越えてきました。
これからも二人で仲良く明日を迎えたいです。

「生き残った家族」へ

黒い津波が何もかも奪っていったけど
明日を生きる笑顔は流されなかった。
ありがとう。

住友賞
佐藤 眞司
宮城県 44歳

津波の中を、子供を抱いて逃げた妻、震災後の苦しい生活の中、
笑顔を絶やさなかった息子へ 家族の絆が深まりました。

「愛しい娘」へ

明日から、お父さんとはお風呂に入らないって、いつ言われるのか。毎日、びくびく。

住友賞
都筑 昌哉
福井県 46歳 医師

「生まれくる孫」へ

三十年ぶりの布おむつ。
一針一針 縫っています。
あなたの明日に思いを託して。

住友賞
阿部 眞紀子
佐賀県 60歳

「理恵」へ

勉強嫌いだったあなただからこそ教師として、
子供達の明日に寄り添えると信じます。

住友賞
江藤 真弓
大分県 62歳 主婦

中学から大学までソフトテニスを頑張って来た次女。大学を卒業して5年、考える所あって、今、教師の道を志し、テニスにうちこんだように、猛勉強をしている。好きでもなかった勉強にこんなに頑張れるとは!? 脱帽です。ガンバレ!! きっと誰より、いい先生になれると思うよ。

「優柔不断な私」へ

今日もまた　甘い誘惑に負けた。
唱えるばかりのダイエット。
明日から、明日から。

住友賞
茂木　弘美
神奈川　55歳　美容師

甘いものはひかえようと決めたのに、やっぱり欲望に負けてしまう。

「小さな勇者」へ

小児病室の『TOMORROW』の落書、
消しません。
次に闘う小さな勇者のために…。

住友賞
福島 洋子
長崎県 42歳 職業訓練生

「母」へ

「明日やる」って言うと母は怒るけれど、
この口ぐせは母親ゆずり。

住友賞
川上まなみ
岐阜県 16歳 高校1年

「被災地の皆様」へ

コンビニのゆうパック　届け先は被災地へ。
希望の時間はもちろん、「明日一番。」

住友賞
手小 和樹
北海道　17歳　高校3年

コンビニでバイトをしていて思った感想。

「単身赴任のあなた」へ

明日の最終便で帰るのメール。
うきうき。ドキドキ。
結婚23年。まだ恋愛、発展途上中。

住友賞
坂井和代
石川県 47歳 主婦

「津波で逝ったMさん」へ

泥まみれの白衣姿は
ナイチンゲール勲章よりも素晴らしい！
あなたの想いをきっと明日に

中央経済社賞
安川 仁子
宮城県 69歳 前大学教員

「良人兄ちゃん」へ（2011年3月10日着の手紙）

明日、地震の後に大津波が来るの！
屋上には絶対に行かないで！
急いで車で山に逃げて！

昔から、妹のように接してくれた親友のお兄さんが津波で亡くなりました。
もし、時間が戻せるなら、必ずこう伝えたいです！　優しくて穏やかで頼れる兄ちゃんは、
私の密かな憧れの人でした。（何人もの知人が行方不明です）　大自然の猛威とはいえ、
大きすぎる試練です。神様は見ていらっしゃるのでしょうか？

中央経済社賞
齊藤　千鶴子
宮城県　51歳　主婦

「自分」へ

今日「つらかったこと」は、
明日「頑張ったこと」になってる。

中央経済社賞
中野 里穂
福井県 19歳 大学1年

「好きな人」へ

夜の長電話。

「じゃあ、また明日」「いや、今日ね」。

この流れが好きなんだ。

中央経済社賞
綿貫 岳海
東京都 18歳 高校3年

長電話に夢中になって電話を終える頃には日付が変わっていたということ。

「ママ」へ

1かいねんねしたら
『あした』っていうんだよ。

中央経済社賞
山下 愛
滋賀県 31歳

以前、3才の娘が笑顔で教えてくれたことです。そう言って、
私の手を握って眠ってくれる、それだけで、明日も幸せだなって思えるのです。

「お父さん」へ

地震、津波、原発の被災地で働くお父さん。
僕から一つだけお願い。
生きて帰ってきて。

中央経済社賞
飯村 直也
福島県 14歳 中学校2年

「じ分」へ

あしたが、まちどおしいときにかぎって、
ねつが出るのは、やめてよね。

中央経済社賞
かたおか まな
福井県 7歳 小学校2年

「八百万の神様」へ

神無月には各被災地に福を携えて、
現地集合でお願いします。

中央経済社賞
勝谷 章
山口県 自営業

今年は出雲には集合出来ないでしょう。

「お父さん」へ

明日（あした）ずっといっしょにいたいから、
雨（あめ）がふるようにと
こっそりお空（そら）においのりしたよ。

つりぶねの船長のお父さんはお天気になると、お仕事に行かなくてはならないので
ないしょでこっそり明日が雨になるようにおいのりしています。

中央経済社賞
はまの あおい
福井県 8歳 小学校3年

「母」へ

祝百一歳。
息子として先立つ親不孝などもっての外。
明日に向け、懸命に生き抜きます。

中央経済社賞
横山 彰
岡山県 78歳

「お母さん」へ

ぼくの宿題と、お母さんの昼ね。
今日、出来ない事は、
明日も出来ないと思うんだ。

坂井青年会議所賞
鈴木 陽向
福井県 11歳 小学校5年

「ぼくのて」へ

あしたこそ、
まるむすびじゃなくて
ちょうちょむすびをできて下さい。
おねがいします。

坂井青年会議所賞
伊東 蒼生
福井県 7歳 小学校1年

「おとうさん」へ

あした、ふくしまへいってしまうんだね。
じしんがおきたら
うまくにげてかえってきて！

坂井青年会議所賞
前田 玲爾
福井県 8歳 小学校2年

東日本大震災の後、福井県立病院救命救急医の父がＤＭＡＴとして派遣が決まり、福島へ出かける時、「行かないで。」と泣いて頼んだけど、行かなければならないとわかり、話した言葉です。

「おばあちゃん」へ

あしたがこない日もあるんだね。
今までありがとう。

坂井青年会議所賞
佐藤 芽紅
福井県 7歳 小学校2年

「ばあちゃん」へ

りょこうは、まだって言ってたのに
もう明日になっちゃった。
明日ってすぐくるんだね。

坂井青年会議所賞
米元 向日葵
福井県 7歳 小学校2年

佳作

明日

「悩んでいる友」へ

今から望みを捨てることはないよ。
諦めこそ、
明日に先延ばしにすればいいだろう。

木元 亮仁
北海道 45歳 教諭

「80円切手さん」へ

たったの80円で、
全国をくまなく旅して
明日の希望をお届けするとは驚きです。

高橋 鉄巳
北海道 65歳

「自分」へ

鍋に水と煮干しを入れ
翌朝の味噌汁の用意をして眠る。
今日を明日をつなぐ小さな儀式。

田上 幸子
北海道

「ユッちゃん」へ

大波に飲まれた、ユッちゃん、
10年後の明日、浦島太郎になって、
戻って来てくれ。

小保内 健
岩手県 63歳 会社顧問

「静子さん」へ

貴方の娘は臨月よ。準備は万端。
津波の怖さは語り継ぐから
明日を生きる二人は任せて。

工藤 姫子
岩手県 50歳 農業

「亡き妻」へ

昔の写真を何枚も何枚も張ったよ、壁に。
新婚時代の君とオレ。
明日も明後日も見よう。

本舘 伸也
岩手県 59歳 会社員

「自分」へ

来るんですよ。明日が！
あるんですよ。明日が！
信ずる人には。

武田廣雄
秋田県 69歳

ありがとう
君は母の体から
明日を抱いて　やって来た

三木　篤子
秋田県　33歳　主婦

「アキアカネ」へ

彼岸(ひがん)の空(そら)に群(むれ)て飛(と)ぶ。四千柱(よんせんばしら)を捜(さが)してくれ。
明日も頼(たの)むよ、行方(ゆくえ)を捜(さが)して…。

佐藤 信一
宮城県 57歳 消防吏員

「天国の父さん」へ

明日父さんの命日だね、
ホームにいる母さんは、
父さんの命日だけは、
忘れてないんだよ

武田 恵美子
宮城県 64歳

「息子たち」へ

よく生き抜いた。
それだけで、母は、
明日が　輝いてみえます。

成澤　淑子
宮城県　59歳　主婦

「明日」へ

地震が起きて、
人が亡くなり、家も亡くなった。
でも私は明日を歩みたい。

横山 弘臣
宮城県

「私自身」へ

わしにも未だ(いま)明日はあるぞーっ。

梅津 康治
山形県 73歳

「一四歳で逝った娘」へ

明日になったら夢から覚めて、
貴女に会える。
呪文のように今日も呟く。
あれから六年。

岡崎　照子
福島県　53歳　パソコン講師

「原発の最前線で働く方々」へ

どうか福島の未来を守って下さい。
子供達の明日の安全の為に
英知の限りで頼みます。祈

坂井 静江
福島県 59歳 自営業

「がんばりやの里奈」へ

毎日部活で泥と汗まみれ、
たまに涙もあるね。
大丈夫、明日にはまっ白い練習着だよ。

鈴木まなみ
福島県 43歳 事務

「友」へ

夕べ笑顔で別れた友よ、
明日は旅立つなんて聞いてないよ
津波にのってどこまで行ったの

門馬 クニ子
福島県 64歳 自営業

「息子」へ

いわきのうまい米、検査通ったよ。
明日送ります。安心して食べてね。

吉野カツ子
福島県 67歳 農業

「娘」へ

明日は明るい日ではなく、
明るくする日なんだ。
そのための努力を今日するのだよ。

久保田洋二
茨城県　60歳　自営業

「娘」へ

旅行に招待喜こばせて、
スキルアップと突然の退社。
あんた明日からどうするの?

片山 久子
栃木県 62歳 主婦

「神様」へ

私の明日を50年分あげるから。
神様どうか、お願いします。
彼に明日がありますように。

福田　ミユ
群馬県　22歳　犬のブリーダー

「夫」へ

明日退院します。
散歩したい。買い物もしたい。
お前様どうかよろしく頼みます。

吉田 寿美子
群馬県 65歳 主婦

「息子 隼」へ

最善を選ぶのでなく、
選んだものを最善にする。
明日もその次の日も、
そう思い生きる。

斎藤 令子
埼玉県 51歳 主婦

母よ
女房があなたに
よく似てきました。

実に困ったことです。

文・三井一夫（東京都）
絵・八木裕美（埼玉県）

ふみ／三井　一夫（東京都 43歳）
「母」への手紙（平成5年）入賞作品
え／八木　裕美（埼玉県 19歳）
「蛙」第2回（平成8年）入賞作品

母さんが留守で
里帰りした
気がしない。

ふるさとって
母さんの
ことだったんだ。

文・松山博子
絵・戸村京子

ふみ／松山　博子（愛知県 30歳）
手紙「ふるさとへの想い」（平成10年）入賞作品
え／戸村　京子（香川県 38歳）
「ふるさとの秋」第7回（平成13年）入賞作品

幼稚園の時
二人で店に
行ったな。

長い道のりだったけど
それが最初の大冒険。

ふみ・金森雅弘
え・東海林恵

ふみ／金森雅弘（岐阜県13歳）
手紙「友へ」（平成11年）入賞作品
え／東海林恵（神奈川県14歳）
「はじめてのおつかい」第2回（平成8年）
入賞作品

ふみ／玉城裕美子（沖縄県14歳）
手紙「いのち」（平成13年）入賞作品
え／鈴木　美香（大阪府25歳）
「ぼくの家族」第10回（平成16年）入賞作品

ふみ／**永澤　慶大**（秋田県 12歳）
手紙「いのち」（平成13年）入賞作品
え／**富田　和之**（東京都 45歳）
「春の…夏の…秋の…冬のおくりもの」
第10回（平成16年）入賞作品

喜びの種
苦しみの種
幸せの種
不幸の種
友情の種
喧嘩の種

色々な種を
もっている

文・永澤慶大
絵・富田　和之

「ゴキブリに
生まれ変わったら?」
の質問に
「長生き」と
答えた息子。
君は偉い。

文・加藤和末
絵・菊池彰

ふみ／加藤　和末（北海道34歳）
手紙「いのち」（平成13年）入賞作品
え／菊池　彰（愛媛県37歳）
「晩餐会」第8回（平成14年）入賞作品

ひとつ
ひとつ
ひとつ

ひとつ
ひとつ
ひとつ

ひとつ
ひとつ
ひとつ
命。

文・小林俊輔
絵・雨宮美保世
村瀬玄悟

ふみ／**小林　俊輔**（神奈川県 18歳）
手紙「いのち」（平成13年）入賞作品
え／**雨宮美保世**（神奈川県 24歳）「もぐらがこんにちは」
村瀬　玄悟（愛媛県 16歳）「前線」
第7回（平成13年）入賞作品

地球から見ると
ほんの一粒だけど
私の中では
でっかいものなんだ。

ふみ・鳥渕美穂
え・楚　勉

ふみ／**鳥渕　美穂**（鹿児島県 15歳）
手紙「いのち」（平成13年）入賞作品
え／**楚　勉**（愛知県 60歳）
「なかよし」第10回（平成16年）入賞作品

「被災された方々」へ

昨日(きのう)の悲(かな)しみはゴミ箱(ばこ)へ、
今日(きょう)の喜(よろこ)びはポケットへ、
明日の楽(たの)しみは胸(むね)の中(なか)へしまおう。

長坂 均
埼玉県 55歳 会社員

「静かすぎる家族」へ

子はゲーム　父はパソコン　母メール。
ねェ明日は　ぺちゃくちゃお喋りしようよ。

内川和子
千葉県　68歳　主婦

「妻」へ

カレンダーにある明日の星印って何だっけ？
確か去年も訊いて怒られた気がするけど。

小野 千尋
千葉県 51歳 会社員

「自閉症の娘」へ

あなたより一日も長く明日を生きたいから、
どうぞお手柔らかにね。

小野 文香
千葉県 48歳 主婦

「天国の父」へ

母は日ごと弱っている。
父ちゃん、明日も笑顔で
病室の扉を開けられる自信無いよ、私。

斎藤 志織
千葉県 36歳 会社員

「震災で亡くなった義父」へ

あなたが生(い)きていくはずだった明日を、
あなたが繋(つな)いで下(くだ)さった命(いのち)と共(とも)に歩(あゆ)みます。

齊藤 哲之
千葉県 30歳 中学校教師

「バイキン」へ

明日は楽しみな遠足です。
君は、おとなしくしていてね。
ぼくがねつを出さないように。

櫻井 敬太
千葉県 8歳 小学校3年

「結婚する息子」へ

これからは、忍耐強く情けは深く、
信じ合いつついらだたず、
望みを抱いて明日へ前進。

大谷 マサ子
東京都 69歳 主婦

「私に夢を与えてくれたあなた」へ

私に腎臓をくれた顔も知らないあなた。
明日を夢見て生きろと
私に言ってくれているのか

小暮 由園
神奈川 37歳 家事手伝い

「高校時代の仲間」へ

同期会が黙祷で始まるようになった
『明日知らぬ身』車椅子でも会おうよ

鈴木 邦義
神奈川 72歳

「二人娘」へ

「明日遠足だ」とはしゃぎ過ぎて、発熱。
翌週、同じコースを二人で遠足したね。

鈴木 邦義
神奈川 72歳

「嫁ぐ君」へ

君には時々厳しい父でした。
早く、やさしいだけの爺さんにしてね。
君の明日に乾杯！

西村 一徳
神奈川 61歳 会社員

「明日のカレー」へ

明日の君は
今日よりもおいしくなっているはず、
味の馴染んだじゃがいもが楽しみです。

山本 倫平
神奈川 17歳 高校2年

「明日の心」へ

明日の自分はせが大きくなるかな？
せは小さくても、
心は大きい人になりたいな

手塚 萌
山梨県 11歳 小学校6年

「亡き父」へ

「また明日」って言ったよね。
誰もが大往生だって誉めるけど、
私はずるいと思ってる。

中田 由美子
山梨県 54歳 主婦

「未来に生きている私」へ

明日があるのは、当たり前じゃない。
明日があるのは、幸せって意味なんだよ。

山口 祐奈
山梨県 12歳 小学校6年

「夫」へ

お父さん　明日がどんな明日でも
一緒に迎えられることが幸せです。
これからもね。

東嶌　賀代子
長野県　55歳　主婦

「お母さん」へ

夕ご飯つくっておきました。
お母さんの味に近づけたかなぁ。
おやすみ。

長谷川ひと美
長野県 17歳 高校3年

「母」へ

食べたくない。
酷いこと言ったのに
毎日用意してくれる夕食。
気になるじゃん…明日も。

岩瀬 未来
長野県 17歳 高校3年

「明日のぼく」へ

今日もいっぱい遊んじゃいました。
しゅく題・お手つだい、おねがいします。

梶田 匡希
長野県 8歳 小学校3年

「元職場の同僚」へ

勝利する明日を信じ征った
彼の戦死に泣いた貴女ももういない
天国で逢えましたかしらね

保坂 非左子
長野県 85歳 主婦

「お母さん」へ

今どこね？
訊かれるまでは連絡せんけど、
答える時はいつも決めとるよ。
明日帰るちゃ。

龍山　薫
富山県　30歳　派遣社員

「マイパソコン」へ

明日の天気は？
明日の運勢は？
明日の献立は？
あなたがいない時どうしていたっけ？

中川まゆみ
富山県 49歳 パート

「子供達」へ

寝る前に怒ってごめんね。
明日の朝は笑顔で起こすから、
笑って一緒にご飯を食べよう。

土上 幸美
石川県 44歳 会社員

「白内障手術を不安がる夫」へ

明日、眼帯がとれたら、
視力が出ていて遠く迄見えます。
でも私の顔の皺は見ないでネ。

西森 かおる
石川県 58歳 公務員

「ママ」へ

あしたは、いっしょにねようね。
ぼく、ほんとうは、
ひとりでねるのさみしいんだよ。

池田 颯汰
福井県 6歳 小学校1年

「大好きなお母さん」へ

いつもはずかしくて言えないけど、
明日を生きるために、
お母さんの笑顔が必要です。

池田 春香
福井県 14歳 中学校2年

「クラスのみんな」へ

みんなの「また明日」って言葉が聞きたくて、
今日も学校に行くよ。

井手 加奈子
福井県 14歳 中学校2年

「おかぁさん」へ

おかあさんのおなかのあかちゃん
明日うまれる？
明日がいいな。

大倉 汐月
福井県 小学校1年

「お母さん」へ

お母さんはいつも
明日がいやだといっている。
明日はなにがあるか分からないのになぁ。

大谷 凌雅
福井県 11歳 小学校5年

「ウルトラマン」へ

日本がピンチです。
明日こそたすけにきて下さい。

角野 友昭
福井県 8歳 小学校2年

「のらねこさん」へ

今日、のらねこさんは家に来ましたね。
うれしかったので明日も来て下さい。

金子きみか
福井県　10歳　小学校5年

「友だち」へ

今日もふざけて、語っていっぱい笑った
笑うとシアワセやの。
明日もシアワセやといいの

川堺 玲菜
福井県 15歳 高校1年

「お母さん」へ

ごめんね。
いつも「明日やるよ。」ってうそついて。
明日から「今日(きょう)やるよ」っていうね。

川下 希海
福井県 10歳 小学校4年

「70才の夫」へ

明日って何？　と聞いたら
すました顔で「おまえさん」と指さされ、
想定外でも胸キュン

川田 民子
福井県 64歳

「明日の妹」へ

明日にでも、
身長をぬかれるんじゃないかと、
姉は内心ビクビクしています。

岸本 あずさ
福井県 17歳 高校3年

「おかあさん」へ

あぁとうとう明日は手術の日。
こわいなぁ。このままずっと、
明日がこなけりゃいいのに

北村 泰樹
福井県 7歳 小学校2年

「ママ」へ

喧嘩した夜、明日弁当つくらん！
とか言うけど次の日の弁当のカラアゲ
仲直りの証やん♡

木村 彩乃
福井県 15歳 高校1年

「しょげてるわたし」へ

明日っていいな。
だって、今日おこられたことやイヤなこと、
ぜーんぶわすれてるから。

熊谷 歌乃
福井県 7歳 小学校2年

「クラスのみんな」へ

「また明日ね」って何気なく言うじゃん。
それ、ウチにとってはうれしいんだ。

栗波 咲季
福井県 15歳 高校1年

「あした」へ

ねえ、おかあさんあしたは、
なんこあさがおが、さくか
おきるのがたのしみだね

黒川 真之介
福井県 7歳 小学校1年

「お兄ちゃん」へ

明日もれんしゅうあるのかな。
ぶかつに「わたしとあそぶ。」が
あるといいのにね。

小垣内 望緒
福井県 7歳 小学校2年

「夫へ」へ

退職後、生活リズムを支えるゴミ暦。
明日は燃えないゴミの日よ。
貴男の存在大きいわ。

後藤 佳代
福井県 56歳 主婦

昨日死んでたかもしれない君。
君に今日という明日があることが、
何よりもうれしいよ。

酒井 はるな
福井県 14歳 中学校2年

「おかあさん」へ

明日さんかん日だね。
がんばって手をあげるから、
他のママと話してないで見ててね。

酒井 優誠
福井県 7歳 小学校2年

「おともだち」へ

ばいばい。また明日ね。
明日のこと考えると、
スキップしたくなるね。

佐野 心南
福井県 8歳 小学校2年

「わたしの二ばん目のいもうと」へ

今日(きょう)はハイハイでちょっと前(まえ)にすすんだ。
明日はもっとすすむかな。
がんばれいもうとよ

清水 綾美
福井県 8歳 小学校2年

「明日(あす)」へ

足羽川(あすわがわ)、足羽山(あすわやま)。
私(わたし)の故郷(ふるさと)の美(うつく)しい「あす」には、
羽(はね)が生(は)えています。

清水 康江
福井県 54歳

「ベランダの野菜たち」へ

水やり忘れてごめん。
明日は二倍あげるから、
お願いだから元気になって。

関口 礼佳
福井県 10歳 小学校5年

「夜空の星」へ

初めて見つけた流れ星、
あんまり早くておねがいできなかったよ
明日も流れてくれるかな

橘　弥志
福井県　9歳　小学校4年

「あなた」へ

「また明日」なんて笑うけど、
本当は寂しくて仕方ないの。
あなたもそうだといいのに。

田端 あゆみ
福井県 18歳 短期大学1年

「娘（心暖）」へ

いつもと同じ明日がどれ程幸せかを
貴方が入院中に知りました。
小さな体でも大きな存在

玉村 健二
福井県 34歳 団体職員

「あした」へ

あしたはどっからくるの。
ずっとたのしいあしたにしてください。

つど ひなた
福井県 6歳 小学校1年

「東北の人達」へ

あなた達の明日を信じて
頑張る姿を見て泣いた。
私にもきっと何か出来るかもしれない。

得政 凛
福井県 10歳 小学校5年

「地球さん」へ

地球さんおとなしくしてください。
明日は、小さないとこが遊びにくるから。

豊岡 拓斗
福井県 9歳 小学校4年

「明日の自分」へ

今日、失敗をしました。
多分、明日怒られます。
任せました。よろしく。

中谷 美優
福井県 15歳 高校1年

「ぼくの心」へ

明日（あす）と聞（き）くと緊張（きんちょう）する。
明日（あした）と聞（き）くとワクワクする。
なぜだろう。同（おな）じ言葉（ことば）なのになぁ。

西尾 勇輝
福井県 12歳 小学校6年

「雲」へ

白い雲が黒い雨雲とたたかってるよ。
明日の体育リレーがしたいの。
白い雲まけるな。

野中 柊弥
福井県 8歳 小学校2年

「先生」へ

先生、明日もいっぱい手を上げますからあててください。

広田 万由子
福井県 9歳 小学校3年

「あした」へ

明日という字を書いたら
きもちが明るくなった。
ありがとう明日。

廣田 大和
福井県 9歳 小学校4年

「おかあさん」へ

どこか、あそびにつれて行ってと言うと、明日ね。と言います。わたしは、今日行きたい

廣部 文美
福井県 7歳 小学校2年

「友だち」へ

地しん　つ波

あっという間に明日がなくなった君達の分、

一日一日大切に生きるよ

福嶋　慶太
福井県　8歳　小学校3年

「かた山さん」へ

明日はちがう学校行てしまうね。
でも友だちをいっぱいつくってがんばってね。

前川 遥音
福井県 小学校2年

「先生」へ

明日はとうこうび。
いやなときは明日がすぐやってくる。
なんでかなあ。

前田 美夢
福井県 7歳 小学校2年

「しゃしんのばあちゃん」へ

しゃしんのばあちゃんへ。
明日、はかまいりにいったら、あえますか。

まえだ ゆうき
福井県 7歳 小学校2年

「お母さん」へ

お母さんはときどき、
ねるときに「また明日。」て言う
ぼくは明日起きるのが楽しみになる

前田 祐希
福井県 9歳 小学校4年

「おかあさん」へ

お母さん
「これ買って」「ウン明日ね」って言ったのに
お母さんの明日はいつですか。

松宮 武大
福井県 9歳 小学校4年

「明日を諦めた人」へ

死にたいと思った日は、
昨日死んでった人が
一生懸命生きたいと思った明日です。

松村潤
福井県 16歳 高校1年

「妹」へ

ケンカした。
仲なおりは明日にして、
今日のところは…チョコ食べる？

丸山 陽菜
福井県 19歳 短期大学2年

「弟」へ

そうちゃんに、
「明日の楽しみ何?」って聞いたら、
「給食。」って。大きくなれよ。

宮本 一平
福井県 10歳 小学校4年

「未来の琴音」へ

明日、歩(ある)くかな。
明日、「お兄(にい)ちゃん。」てよぶかな。
明日、楽(たの)しみだな。

村上 功樹
福井県 8歳 小学校3年

「ひまわりさん」へ

ひまわりさん、あしたさきますか。
どんなおかおしているんですか。

森　聖華
福井県　6歳　小学校1年

「子供達」へ

毎晩思う。明日は怒らんとこと。
しかし子供達よ許せ。
もはや怒るのは母の日課やわ。

森下 和代
福井県 44歳 主婦

「心ぱいなおかあさん」へ

今日は一日元気だったから
会社に電話がなかったでしょ？
うれしい？　またがんばるから。

森山　睦生
福井県　8歳　小学校2年

「つばめさん」へ

あかちゃんがまたうまれてよかったね。
あしたはそろそろとべるかな。

安川 千代
福井県 7歳 小学校1年

「親友」へ

明日また教室(きょうしつ)で会(あ)ったら、
おはようって声(こえ)かけてね。
それが私(わたし)の一日(いちにち)のスタートだから。

山崎 泉水
福井県 14歳 中学校3年

「おじいちゃん」へ

今日(きょう)もぼくのこと覚(おぼ)えててくれてありがとう。
明日もぼくのこと覚(おぼ)えててくれる?

吉田 周平
福井県 13歳 中学校2年

「お父さん」へ

週末にしか帰ってこないお父さん。
ぼくは、毎週木曜日になると
明日が待ちどうしい。

吉田 北斗
福井県 11歳 小学校6年

「娘」へ

先天性の心臓病で今日しかなかったあの頃。
二十二才の今、教員めざして明日が続くよ。

南 智子
岐阜県 51歳 主婦

「おばあちゃん」へ

いつもボクにやさしくしてくれるから、
明日はボクがやさしくする番(ばん)だよ。
まっててね。

内山 峻
静岡県 8歳 小学校2年

「嫁いだ我が娘」へ

嫁いでうん年、こうの鳥に感謝。
早く来い明日。
君は母になる、俺は爺になる。

近藤　武信
愛知県　69歳

「なでしこジャパンの選手たち」へ

笑顔の優勝おめでとう。
明日を夢見る気持ちを、
思い出させてくれてありがとう。

志村 紀昭
愛知県 47歳 自由業

「旧友」へ

老いても「明日」は初体験。
わくわくし乍ら生きるって
枯れない人生と思いませんか？

坂本 美智子
滋賀県 79歳

「わたし」へ

明日があると思うから、
大事にしていない事がたくさんあるね。
ほんとに明日でいいの？

新居 比都志
京都府 52歳 会社員

「ぐうたらパパ」へ

明日出来る事は今日しない。主義の
貴方のおかげで
よく気のきく女房になりましたわ。

河瀬 多恵子
京都府 60歳 主婦

「孫娘の両親」へ

明日の花見団子を
今日食べたいと孫娘にせがまれ、
二人で食べてしまいました

木村 久夫
京都府 75歳

「自分」へ

テスト、どこ出(で)ました？

白石 直樹
京都府 23歳 大学院1年

「姉」へ

明日の天気予報。
全く関心のなかった北海道の空。
元気ですか。

中西 直樹
京都府 14歳 中学校3年

「明日、初デートの私」へ

待ち合わせには、遅れて行くこと。

松岡 彩夏
京都府 21歳 学生

明日は私の夢と趣味。
この九月余命一年と医師が告げた。
家庭生活30年でガンが残った。

大成 三佐子
大阪府 69歳

「妻」へ

お前の明日を創ってあげれなかった。
明日を創ろうともしなかった。
ゴメン

住川 章雄
大阪府 59歳 会社員

「八十路の母」へ

引っ越し先の掃除だと言って、
彼岸ごとに墓参りする母さん。
明日もあなたは元気です。

渡辺 廣之
大阪府 58歳 教員

「友達」へ

初めて会った日の帰り
「また明日ね」の一言から、
二人の気持ちがつながったんやね。

岩根 有紀子
兵庫県 44歳
司法書士事務所勤務

「我妻 幸子」へ

今日までは扶養家族。
明日からは、粗大ゴミ、お世話になります。
やさしく頼む。

北川 敬義
兵庫県 62歳

「先立った妻」へ

明日は結婚記念日だ。
いや、すまん、新しい女房とのね

富田 圭一
兵庫県 73歳

「震災で亡くなった君」へ

明日ね！
笑顔で別れた君に明日は来なかった。
失われた君の明日も抱きしめて生きるよ。

本地 真穂
兵庫県 63歳
フリーエディター

「初恋の人」へ

「明日もね」という
果(は)たされなかった子供同志(こどもどうし)の約束(やくそく)を
まだ引(ひ)き摺(ず)っています

吉岡 和生
和歌山 75歳

陽斗(はると)、見(み)ててね。
ママは君(きみ)が生(い)きたかった明日を
今(いま)、一生(いっしょう)けんめい生(い)きてるよ。

福政 容子
鳥取県 38歳 主婦

「自分」へ

明日の宿題は忘れても、
津波のことは覚えてます。
だって十才の誕生日だったもの。

米山 風香
島根県 10歳 小学校5年

「天国の父」へ

還暦は、ネクタイが欲しいと言い逝きましたね。
明日、俺到達。似合うかな赤いネクタイ。

押柄 隆夫
岡山県 60歳 会社役員

「七年前の旦那様」へ

結婚(けっこん)したのは、
明日のあなたを今日(きょう)よりもっと
幸(しあわ)せにしたくなったから。

岡田 眞弓
岡山県 39歳 主婦

「（離婚した）娘」へ

二十万送る。
旅に出な。
明日はきっといい日だよ。

河嶋 栄子
岡山県 57歳 主婦

「自分」へ

今日は友ちんの夢を見て
明日はあっちゃんの夢を見たい

新田 道人
岡山県 17歳 高校3年

「退職後（未来）の自分」へ

手帳を開き明日の予定を見る。
例え病院の予約だとしても何だか嬉しい。
へんなの（笑）

渡辺 光子
岡山県 59歳 公務員

「自分」へ

栗の皮をむいていると
「ヤッター!! 明日は栗ご飯だ」
と喜んだ娘たちの笑顔が浮かぶ。

渡邉 光子
岡山県 59歳 公務員

「息子」へ

彼女を急に紹介するって。
明日でないと駄目なのか。
まさか…か。

石津 賢治
山口県 54歳 会社員

「息子」へ

今日の逃げ道に使うようでは
今日以上の明日は来ないぞ。

西田 洋明
山口県 69歳

「貴方」へ

貴方に来なかった明日を、
私は一人で生きていきます。
側に貴方が居ると信じて。

柴田 元子
徳島県 47歳 会社員

「老いて行くわたし」へ

残り少ない明日は来世へ続く黄金階段。
下りではありません。
元気に上りましょうね。

寒川 靖子
香川県 75歳 主婦

「初孫」へ

初孫よ、儂が白寿でお前が二十歳、
振袖贈ろう年金溜めて、
よしッ、明日から禁煙じゃ。

玉井一郎
香川県 78歳

「孫（悠真）」へ

お前の出産に合わせ手術をのばしました。
あきらめかけてた
ジイジの明日をありがとう。

中内 正晴
香川県 61歳

「岩手のときよさん」へ

「生きていたら返事を」。

三日目に「紙一重。殺されても死なん」と。

明日メールするね

浅野 ゆきえ
愛媛県 63歳

「岩手県野田保育所の先生方」へ

野田村の明日を救ったこと。
臨機応変園児90人の見事な避難術。
歴史に残る天晴れです。

浅野 ゆきえ
愛媛県 63歳

「認知症の母」へ

逢いに行く度、
嫁になったり、孫になったり、
明日は娘に戻っているかな？

井元 由喜子
愛媛県 66歳

「天国のお母さん」へ

お母さんはおりひめ、
ぼくは、ひこ星になっていっぱい話そうね。
明日とても楽しみだよ

清水 瞳弥
愛媛県 7歳 小学校2年

「3歳の長男」へ

昨日は大工さん。今日はネコさん。
明日は何になりたいのかな。

長島 邦英
愛媛県 34歳 テレビ局員

「ゆきなちゃん（孫）」へ

「明日、泊まってい〜い？」
――ゆきのお泊まり電話が、
おばあちゃんの元気の薬です。

中矢　マサ子
愛媛県　61歳

「糟糠の妻」へ

恍惚(こうこつ)で亭主(ていしゅ)の顔(かお)を忘(わす)れても、
そのままでいい。
明日はいらない、生(い)きていてくれ。

山本 敦義
愛媛県 77歳

「視覚障者の兄」へ

目明きの私が見えない明日を
視覚障害の兄さんは
見抜いて助言してくれる。
ありがとう。

井邑　勝
福岡県　78歳

「昨日」へ

ガンを宣告され、
いよいよ君よりも
明日の方が好きになりました。

井邑 勝
福岡県 78歳

「家族」へ

夜ご飯、みんなが喜んでくれるから
いつも考えることがある。
明日は何がいいかな？　と。

明石まい
熊本県　17歳　高校3年

「息子」へ

明日、掃除に行きます。
見られちゃマズイものだけ、
片付けておきなさい。

藤田 加津代
熊本県 49歳 会社員

「息子」へ

サイテーとサイアクが日々更新する息子よ
明日こそ
サイコーの一声聞いてみたいものだ

藤田 加津代
熊本県 49歳 会社員

「救助されたおじさん」へ

「明日からは復興じゃあ」

と言ったおじさん今元気？

笑顔と言葉が亡き父と重なります。

今永 惠子
大分県 64歳 主婦

「河野せり菜さん」へ

おめでとう！　明日は厚君のお嫁さんね。
でも私はこれから先も
ずーっとあなたの母ですよ

松尾　恵美子
宮崎県　62歳　専門学校1年

「アナタ」へ

アナタが何の気なしに言う「また明日」。
どれだけドキドキしてるか気付いてますか。

大黒 杏奈
鹿児島県 17歳 高校3年

「ライバル」へ

横一線にゴール。貰った2のカード。
汗拭くふりして涙を拭いた。
明日は君をこえるから

南 春花
鹿児島県 17歳 高校2年

「君」へ

明日。と君に言われ、
もう君と明日何を話そうかと、
考えている自分がいた。

川満 歩美
沖縄県 16歳 高校1年

「明日からの空」へ

あら？　雨降(あめふ)らそうとしてません？
やめて下(くだ)さい。
明日から夏休(なつやす)みなんですけど。

金城　未来
沖縄県　16歳　高校2年

「妹」へ

6歳の妹と毎日けんかして負けている。
妹は気付いていないけど
明日も負けてあげよう。

金城唯
沖縄県　15歳　高校1年

「家族」へ

今、福島市にいる家族の事を考えてる。
最近会ってないから、明日日本に帰りたい。

福元 輝久
アメリカ 16歳 高校11年

「亡き母」へ

乳呑児の私を遺して逝ったお母さん、
明日は八十回忌で、
私はもう八十一才になります。

林 聿修
台湾 81歳 主婦

予備選考通過者名

順不同

北海道

原田　千仁
虻川　ゆかり
櫻井　奈々子
溝渕　遼
近藤　真弓
桜庭　幸雄

青森県

柴谷　彩子
若佐　孝雄

岩手県

藤野　寿美
小西　正康
佐藤　義春

宮城県

藤井　亞美
成澤　淑子
佐藤　信一
駒場　眞理子

秋田県

大谷　展子
山口　隆太郎
佐々木　隆
菊地　勝人
小林　みお子

山形県

阿部　憲弘
斎藤　美和
菊地　希望

福島県

笠原　富美子
本田　佑美子

茨城県

菊地　時子
金　華蓮
大島　三七子
谷中　千鶴子

栃木県

増渕　美希
直井　たみ子
野尻　敏夫

群馬県

品田　実来
石塚　翔
山田　智也
狩野　晴哉

埼玉県

古谷　充
佐々木　志野
中川　洋美
村田　睦美
山田　浩平
宮澤　千代子
小澤　洸太
長坂　均

千葉県

澤井　秀之
松岡　耕一朗
佐藤　ヨキ子
山川　輝夫

東京都

川地　隆史
加藤　敦子
緒方　峻
諫山　紗楽
小松　恵実
麻上　真友子
黒川　千晶
田中　ゆか
小川　慎策

神奈川県

河村　春美
張　容慈
大崎　裕之
韮塚　きく江
坂口　智代
和田　恵奈
加藤　喜美江

長野県

小林　瑠輝也
稲田　蓮
川村　侑己
宮下　ゆかり
笠井　ゑりこ
勝沢　正恵

新潟県

高橋　真生
金子　三郎
宮野　瑞枝
橘　政雄
渡邉　明日香
品田　恵未
渡辺　元栄

富山県

杉林　万理瑛
松井　彩加
森下　吉光
松下　絹子

石川県

神馬　せつを
大江　括久
前田　一舟
神馬　せつを
中村　美穂
上河原　かず子
小澤　朱里

福井県

角川　早織
森下　真世
上野　和子
小島　絹子
加藤　大翔
亀井　せりな
橋本　友李
髙嶋　星来
野坂　奏帆

泉 佑果
藤井 優汰
なんぶ さな
まき田 なつき
山内 あきと
谷口 美幸
東角 敦哉
大橋 彩
大崎 裕奈
道林 南美
松尾 奈央子
水上 幸歩
中山 恵里子
林 純矢
内田 百音
山田 千尋
中川 健龍
小林 俊貴
小島 礼士
鴇田 太雅
杉本 茅幸

倉本 真也
酒井 美咲
甚佐 知花
水間 晴香
牧田 英樹
河原 柚葉
吉田 早織
西崎 流世
三澤 壱聖
爬揚 みゆき
寺崎 真里奈
吉江 遼馬
堀川 紗椰
圓道 源太
法木 彩弥夏
田中 梨華子
黒川 てるあき
伊藤 朋美
光河 汐香
國近 正男
大谷 祐貴

杉本 華菜
山口 恭世
藤田 玉恵
高間 夏海花
堂越 郁
福田 渚
小泉 祐輔
谷口 果子
渡邊 なな
南 淳青
阪本 悠太
向井 公喜
黒澤 駿介
定永 莉奈
南野 真衣耶
水上 亜理沙
宮下 裕一
澤田 恭平
前田 朋子
川畑 裕貴
坪川 唯

高島 江梨奈
藪下 愛加
あまや はるな
真橋 杏実
布川 凛旺
谷本 恒志郎
明先 健太
吉田 舜
山本 ひさ
金巻 拓巳
坂東 藍来
川端 来実
河野 雅樹
明瀬 忠道
木村 礼子
三國 喜美子
喜多野 友梨
勝木 明依
中川 孝佳
川津 快人
坪田 真紀

松村 碧
廣瀬 光世
中出 莉胡
追別 幸歩
高比良 拓也
山本 千秋
島田 優梨奈
ます田 ゆう人
岡田 崚汰
渡邊 裕貴
前田 怜音
中野 優花
田中 唯
牧田 愛子
上村 元春
北林 麻衣子
徳山 颯太
皆美 博昭

岐阜県

新家 米子

渡辺 ひろ子
丹羽 清吾
小出 悦子
丹羽 清吾

静岡県

土橋 ちずみ
小粥 彩加
金子 舞
勝又 由紀子

愛知県

高平 松代
太田 昇吾
早川 良明
柴田 紀子
青山 栄子
長谷川 ゆり

三重県

向井 孝弘

加藤 澄男

滋賀県

鈴木 強
瀧本 文絵
藤原 朋

京都府

下橋 美和
奥村 俊宏
亀谷 侑久
小林 正博

大阪府

樋口 嘉一
山中 美季
北田 愛海

兵庫県

谷間 さち子
金子 由佳

野村　ゆず
辻　　夏帆
山﨑　由貴
嶋田　萌花
中尾　美恵子
今井　貢二
井上　泰子
久保　裕志
合田　いづみ
山田　仁美
網野　博

奈良県

小島　綾子
宮本　りん
遠山　悟
水谷　真夏

和歌山県

尾崎　文香
濵田　大資
讃岐　康博
木村　明子
柿本　清美
秦　　佳子
讃岐　康博
山田　かよ

鳥取県

菅原　牧子
酒本　まさ子
安田　恵子
川田　修二

島根県

溝田　弘子

岡山県

武川　節子
渡邉　光子
寺坂　麻希
小林　美穂

兵庫県

楠　　万莉奈
青山　ひかる
加藤　由香
山下　悠一郎
門前　舞
渡辺　紀久子
山口　華奈
渡邉　智
中常　克彦

山口県

中村　静奈
植野　和美
村田　麻美

徳島県

安本　生美
美馬　澄
富永　いづみ
樫本　一美
原水　美知

香川県

髙畠　百合子
薦田　雅子
東　　夏生
中村　豊子

高知県

平地　俊雄
明神　明美
今井　俊彦

福岡県

重岡　祐衣
佐藤　吉雄
酒匂　宏美

佐賀県

田中　良枝
吉良　友孝

長崎県

小出　幸世
牟田　啓三

熊本県

佐々木　宏子
藤田　加津代
井上　亜希子
光永　賀子
犬童　章寿

大分県

浦野　忠洋
田部　あゆみ
佐藤　久美

宮崎県

森　のり
福嶋　律子
坂口　恵子
宮原　京子
甲斐　由美子

鹿児島県

田之畑　律子
石峯　貞男
福永　和代
阿久根　梨瑚
塚田　翼
池田　眸

沖縄県

寺坂　紗月
嘉手苅　映仁
豊見山　泉
又吉　康生
東里　こずえ

アメリカ

カヌドセン　ジェームズ
ペイジ　和子

台湾

李　英茂

韓国

笠井　真衣

あとがき――明日にありがとう

二〇一一年三月十一日、誰にとっても忘れることの出来ない日となりました。一時は誰もが呆然と立たずむしか無い時の流れがありました。文字や言葉ですら、力を失ってしまったあの日。今でもあの時の音、声、映像がくっきりとよみがえります。

新一筆啓上賞第九回は、このような状況でスタートしました。すでに決まっていたあるテーマ、すべての準備を整えていた時でした。このまま進めてよいのだろうか、疑問が、問いかけが始まりました。

東京池袋の某ホテルの暗い空間で、何人かの選考委員と約三時間の葛藤でした。ふと一人の選考委員の口から漏れた「明日はどうなるんだろう…」とのひとこと！　これで決まりました。

明日が見えれば、今日生きることが出来る。この連続での長い旅を応援することにしたのです。

応募総数三万五一二七通からは、多くの叫び、苦しみとともに、ひしひしと絶望感すら伝わってきました。明日からどう生きるべきか、何をすべきなのかという想いが伝わってくる選考でした。

住友グループ選考委員会の皆さんがひとつひとつの作品に目を通すなかで迷路に何度も入ってしまったことに、共感と敬意を表するものです。ありがとうございました。

小室等さん、佐々木幹郎さん、中山千夏さん、西ゆうじさん、林正俊さん、そして今回からご参加いただいた池田理代子さん、選考おつかれ様でした。

日本郵便の皆様も、被災地での対応に追われる中で、確実にメッセージを届けていただきました。ありがとうございます。

住友グループ広報委員会の皆様からは、心からの支えをしていただきました。大きな力となりました。

坂井市、社団法人坂井青年会議所（旧丸岡青年会議所）とともに、通年十九回目の挑戦でもあり、ひとつの出来事でテーマを決定した最初の年ともなりました。

今回、四月出版ではなく、三月出版は異例です。

来るべくして来てしまった、あれからの一年。実はこれからのように思われます。

この「明日」を上辞するにあたり、この書のひとつの手紙でもいい、何らかの力を一人でも多くの方にとっての、明日につながるささやかな力となることを信じています。

二〇一二年三月吉日

編集局長　大廻　政成

日本一短い手紙「明日」新一筆啓上賞

二〇一二年四月一日　初版第一刷発行

編集者——水崎亮博
発行者——山本時男
発行所——株式会社中央経済社
〒一〇一-〇〇五一
東京都千代田区神田神保町一-三一-二
電話〇三-三二九三-三三七一（編集部）
〇三-三二九三-三三八一（営業部）
http://www.chuokeizai.co.jp/
振替口座　00100-8-8432
印刷・製本——株式会社　大藤社
編集協力——辻新明美

ISBN978-4-502-45370-0　C0095